ELLAS ABRIERON CAMINO

MUJERES EN LAS FUERZAS ARMADAS

Miriam Coleman

Traducido por
Esther Sarfatti

PowerKiDS press.

Nueva York

Published in 2016 by The Rosen Publishing Group, Inc.
29 East 21st Street, New York, NY 10010

First Edition

Editor: Sarah Machajewski
Book Design: Reann Nye
Translator: Esther Sarfatti

Photo Credits: Cover (background) untitled/Shutterstock.com; cover (Hopper), p. 29 Cynthia Johnson/The LIFE Images Collection; cover (Nightingale), p. 9 Hulton Archive/Getty Images; cover (Barton), p. 13 Buyenlarge/Archive Photos/Getty Images; p. 5 http://commons.wikimedia.org/wiki/File:Leigh_Ann_Hester_medal.jpg; p. 7 DEA/M. SEEMULLER/De Agostini/Getty Images; p. 11 Everett Historical/Shutterstock.com; p. 15 Apic/Hulton Archive/Getty Images; p. 17 MPI/Archive Photos/Getty Images; p. 19 Keystone/Hulton Archive/Getty Images; p. 21 U.S. Department of Agriculture/https://www.flickr.com/photos/expertinfantry/5467551836/CC BY-ND 2.0; p. 23 (Wolfenbarger) Thos Robinson/Getty Images Entertainment/Getty Images; p. 23 (Howard) Chip Somodevilla/Getty Images News/Getty Images; p. 23 (Dunwoody) Kris Connor/Getty Images Entertainment/Getty Images; p. 25 http://commons.wikimedia.org/wiki/File:Lt._Gen._Patricia_D._Horoho.jpg; p. 27 Alex Wong/Getty Images News/Getty Images.

Cataloging-in-Publication Data

Coleman, Miriam.
Mujeres en las fuerzas armadas / by Miriam Coleman, translated by Esther Sarfatti.
p. cm. — (Ellas abrieron camino)
Includes index.
ISBN 978-1-4994-0524-8 (pbk.)
ISBN 978-1-4994-0536-1 (6 pack)
ISBN 978-1-4994-0522-4 (library binding)
1. United States — Armed Forces — Women — Juvenile literature. 2. Women soldiers — United States — Juvenile literature. I. Coleman, Miriam. II. Title.
UB418.W65 C65 2016
355'.0082'0973—d23

Manufactured in the United States of America

CPSIA Compliance Information: Batch #WS15PK: For Further Information contact Rosen Publishing, New York, New York at 1-800-237-9932

CONTENIDO

MUJERES GUERRERAS

En el año 2005, la sargento Leigh Ann Hester de la Guardia Nacional de Kentucky guiaba un **convoy** de abastecimiento en Irak, cuando este fue atacado por un grupo de **insurgentes** armados. Con mucha valentía, Hester contraatacó y venció a los insurgentes poniendo a salvo su brigada. Fue la primera mujer en ganar la Medalla *Silver Star* (Medalla Estrella de Plata) por combate cuerpo a cuerpo.

Las mujeres han estado presentes durante miles de años en los campos de batalla alrededor del mundo. En Estados Unidos, las mujeres han servido en las fuerzas armadas desde la Guerra de Independencia. Aunque oficialmente su papel se limitaba a servir de apoyo a los soldados, como enfermeras, cocineras o mensajeras, muchas mujeres a lo largo de los años han luchado por abrir camino y crear nuevas oportunidades. Hoy en día, las mujeres pilotan aviones de combate, conducen tanques, comandan **batallones**, y hacen muchas otras funciones.

LOGROS ASOMBROSOS

La *Silver Star* es la tercera condecoración más importante que dan las fuerzas armadas de Estados Unidos por **valor**. Hester fue la primera mujer en obtenerla desde la Segunda Guerra Mundial cuando un grupo de enfermeras militares recibieron esta condecoración por la evacuación de un hospital bajo ataque.

Mujeres valientes, como la sargento Leigh Ann Hester, han contribuido a crear oportunidades para las mujeres en todos los rangos de las fuerzas armadas.

MOVIDA POR LA FE

Cuando Juana de Arco tenía unos 13 años, dijo haber oído la llamada de Dios exhortándola a entrar en batalla y salvar a Francia. Era el año 1425 e Inglaterra había atacado a Francia en la Guerra de los Cien Años. Juana no sabía leer ni escribir, pero consiguió convencer al príncipe francés Carlos de Valois de que Dios le había encargado la misión de expulsar a los ingleses y lograr su coronación como monarca.

En 1429, cuando Juana tenía 18 años, condujo un ejército de varios cientos de hombres a la victoria contra los ingleses en Orléans. Los soldados capturaron varias ciudades para Francia, y lograron que el príncipe francés se convirtiera en el rey Carlos VII. Juana continuó dirigiendo ataques contra los ingleses y sus aliados, pero fue capturada en 1430. La acusaron de brujería y **herejía** y la quemaron viva.

A través de los siglos, la historia de Juana de Arco ha sido fuente de inspiración para mucha gente. Su extraordinaria vida ha quedado plasmada en innumerables pinturas, libros y películas.

IESU MARIA

UNA REVOLUCIONARIA ENCUBIERTA

Cuando comenzó la Revolución Americana en 1775, muchos colonos respondieron a la llamada del deber, entre ellos Deborah Sampson, pero las mujeres no podían ser soldados. Para eludir este obstáculo, Sampson se cortó el pelo y se vistió con ropas de hombre. En 1781 o 1782, se alistó en el Cuarto Regimiento del ejército continental ¡como hombre! Se alistó bajo el nombre falso de Robert Shurtliff.

Sampson combatió en batallas muy duras y luchó cuerpo a cuerpo contra soldados ingleses. Resultó herida muchas veces y casi siempre ella misma se curaba sus heridas. Una vez intentó sacarse ella sola una bala de mosquete del muslo porque temía que sus compañeros descubrieran que era mujer. Cuando Sampson cayó enferma con fiebre, un médico finalmente descubrió su secreto. Le dieron una **licencia militar absoluta honorable** en octubre de 1783.

LOGROS ASOMBROSOS

En 1983, el estado de Massachusetts nombró a Sampson como la heroína oficial del estado.

Después de su salida del ejército, a Sampson le costó trabajo conseguir una pensión o pago por su servicio militar. Paul Revere intervino a favor de ella y escribió al Congreso alegando que "ella tenía tanto derecho o más" que muchos soldados que obtuvieron su pensión sin ningún problema.

LA DAMA DE LA LÁMPARA

En 1854, el gobierno británico asignó la enfermera Florence Nightingale a una misión en Turquía, donde habían sido enviados los soldados ingleses que se recuperaban de las heridas sufridas en la guerra de Crimea. Las condiciones en el hospital de campaña eran deplorables. Nightingale encontró pabellones faltos de higiene y atestados de pacientes. No había ni jabón ni mantas, y la ropa de los soldados estaba llena de insectos. Más soldados morían de infecciones y enfermedades que de las heridas de las batallas.

Nightingale y su equipo trabajaron arduamente para mejorar las condiciones sanitarias. Consiguieron suministros de alimentos y medicinas necesarios para la recuperación de los soldados. Nightingale se ganó el apodo de "la dama de la lámpara" porque utilizaba una lámpara para hacer las rondas de los enfermos por la noche. Nightingale aprendió mucho de su experiencia en un hospital de campaña. Cuando regresó a Inglaterra, ayudó a reformar la sanidad militar británica.

LOGROS ASOMBROSOS

El libro que Nightingale publicó en 1859, *Apuntes sobre enfermería* (*Notes on Nursing*), ha sido de gran utilidad para muchas generaciones sobre cómo cuidar a enfermos y heridos. En 1860 abrió la Escuela de Enfermería Nightingale en Londres.

A Nightingale se la considera la precursora de la enfermería moderna. Gracias a ella, la enfermería se convirtió en una profesión de interés para mujeres que querían trabajar fuera de casa.

EL ÁNGEL DEL CAMPO DE BATALLA

Al principio de la Guerra de Secesión en 1861, una mujer llamada Clara Barton se propuso ayudar a los soldados hambrientos y heridos del ejército de la Unión que encontraba a su paso. Barton comenzó recolectando y repartiendo suministros a los soldados y posteriormente trabajó como enfermera. Aunque en realidad nunca formó parte de las fuerzas armadas, fue con las tropas a los campos de batalla de Antietam, Harpers Ferry y Fredericksburg, arriesgando su vida por cuidar a los soldados. Llegó a ser conocida como el "ángel del campo de batalla". Después de la guerra, Barton se dedicó a buscar e identificar a los soldados desaparecidos durante la guerra y traerle consuelo a las familias.

En 1870, Barton estaba en Europa cuando estalló la guerra franco-prusiana. Trabajó con una organización internacional de ayuda llamada la Cruz Roja, que brindaba auxilio a las personas afectadas por la guerra. Esto sirvió de inspiración a Barton para crear una organización de auxilio en Estados Unidos. La Cruz Roja Americana fue fundada oficialmente en 1882.

LOGROS ASOMBROSOS

Barton dirigió la Cruz Roja Americana durante 23 años. Actualmente, la organización brinda auxilio a personas que son víctimas de inundaciones, huracanes, incendios y guerras. Parte de su misión incluye trabajar con miembros de las fuerzas armadas y ayudarlos a mantener el contacto con sus familias.

Durante la Guerra de Secesión, Barton pidió donaciones, recolectó suministros y muchos los compró con su propio dinero. Llevaba los suministros a los campos de batalla y ayudaba con la organización y distribución de los mismos.

UNA DOCTORA EN EL FRENTE DE BATALLA

La doctora Mary Edwards Walker obtuvo el título de Doctora en Medicina en 1855, cuando la medicina estaba limitada mayormente a los hombres. Cuando estalló la Guerra de Secesión, Walker atendió a soldados heridos del ejército de la Unión. Fue la primera cirujana del ejército y trabajó en hospitales y campos de batalla.

En 1864, el ejército Confederado tomó prisionera a Walker. Una vez que fue puesta en libertad, supervisó un hospital para mujeres encarceladas y un orfanato. Walker recibió la Medalla de Honor del Congreso en 1865. Fue la primera mujer en recibir esta condecoración.

En 1917, debido a un cambio en las normas del Congreso con respecto a la Medalla de Honor, le retiraron esta distinción. Walker se negó a devolver la medalla y la llevó puesta todos los días hasta su muerte. En 1977, el Presidente Jimmy Carter restituyó la Medalla de Honor a Walker.

LOGROS ASOMBROSOS

La Medalla de Honor del Congreso es el galardón militar más alto de Estados Unidos. Walker es la única mujer que la ha recibido hasta la fecha.

Walker creía firmemente en los derechos de la mujer. En su época, las mujeres llevaban **corsés** estrechos y faldas pesadas que limitaban sus movimientos. A menudo Walker llevaba ropa de hombre en protesta por las normas que la sociedad imponía a las mujeres.

UNA SOLDADO BÚFALO

Cathay Williams nació bajo la esclavitud alrededor de 1842 en Misuri. Cuando era aun niña, fue obligada a trabajar como cocinera y lavandera para el ejército de la Unión durante la guerra civil estadounidense, razón por la cual conoció los campos de batalla de Arkansas, Luisiana y Georgia. En 1866, un año después de que terminó la guerra, Williams se alistó como soldado en el ejército.

Disfrazada de hombre y bajo el nombre de William Cathay, Williams se unió a la división número 38 de la Infantería de Estados Unidos. Se trataba de uno de los regimientos compuesto únicamente de afroamericanos y conocido como los soldados Búfalo. Cathay sirvió durante dos años. Ha sido la única mujer que se conoce que haya servido como soldado Búfalo y la primera mujer afroamericana que se tiene conocimiento que sirvió en el ejército de Estados Unidos.

La famosa abolicionista Harriet Tubman, que se muestra en la foto, trabajó como enfermera voluntaria, espía y hacía operaciones de reconocimiento para el ejército de la Unión durante la Guerra de Secesión.

MIEMBRO DE LA RESISTENCIA

Nancy Wake se crió en Australia y comenzó su carrera como periodista en París. Cuando la Alemania **nazi** invadió Francia en 1940, Nancy Wake se unió a la Resistencia francesa. Se trataba de un grupo que continuó luchando contra los nazis después de la rendición de Francia. Llevaba mensajes en código y suministros a los soldados **aliados** y ayudaba a la gente a escapar de Francia. Cuando los nazis se enteraron, trataron de detenerla, pero ella logró huir a Inglaterra.

Allí Wake se unió a la Dirección de Operaciones Especiales británica, una agencia que se especializaba en la guerra encubierta. En abril de 1944, Wake voló a Francia y se lanzó a tierra en paracaídas. Recogió armas y otros equipos y los escondió para que los soldados aliados los encontraran el **Día D** de la invasión de Normandía. Después de la invasión, combatió a los alemanes hasta que los nazis fueron derrotados.

LOGROS ASOMBROSOS

A Wake se le reconoce el haber salvado cientos de vidas al ayudar a judíos y soldados a escapar de Francia bajo la ocupación nazi.

Wake fue la mujer más condecorada de la Segunda Guerra Mundial. Entre los honores que recibió se cuentan la Medalla George de Inglaterra, la Medalla de la Libertad de Estados Unidos y tres *Croix de Guerre* de Francia.

SIEMPRE QUISO VOLAR

Olga Custodio siempre había soñado con ser piloto. Nació en Puerto Rico en 1954, y viajó mucho de pequeña porque su padre era oficial del ejército. A los 16 años, quiso unirse al Cuerpo de Entrenamiento de Oficiales de la Reserva (ROTC por sus siglas en inglés), pero le dijeron que no admitían mujeres al programa. Sin embargo, eso no fue un impedimento para más adelante hacer realidad su sueño.

Cuando tenía 25 años, Custodio se alistó a la fuerza aérea. Se convirtió en la primera latina en completar el entrenamiento de pilotos de la Fuerza Aérea de Estados Unidos. Más adelante, se dedicó a entrenar a pilotos militares, abriendo camino para otras instructoras de vuelo en las bases aéreas de Laughlin y Randolph, en Texas.

En una ocasión, unos pájaros chocaron contra los motores del avión que ella pilotaba y por la manera que respondió a esa emergencia, recibió el Premio de Seguridad en la Aviación.

LOGROS ASOMBROSOS

Custodio se retiró con el rango de teniente coronel en el 2003, después de servir en las reservas de la fuerza aérea durante 24 años. Posteriormente, fue la primera hispana comandante de American Airlines.

Custodio ha dicho que su lema es “Querer es poder”, o sea, si realmente deseas algo, lo puedes lograr.

UNA HEROÍNA DE CUATRO ESTRELLAS

Ann Dunwoody se alistó al ejército en 1975 y se convirtió en una experta paracaidista. En 1992, fue la primera mujer en ser comandante de batallón para la 82ª División de Paracaidistas, un grupo que se especializa en operaciones de asalto en paracaídas. Durante su carrera profesional, Dunwoody se hizo experta en **logística**. Su trabajo consistía en asegurarse de que las tropas en zonas de combate recibieran las municiones, tanques, combustible y otros suministros que necesitaban.

En el 2008, Dunwoody hizo historia al ser la primera mujer en conseguir el rango de general de cuatro estrellas, el más alto de las fuerzas armadas. Dirigió el Comando de Material Bélico del Ejército de Estados Unidos, donde se encargaba del suministro de equipo, armas y uniformes a los soldados en Irak y Afganistán.

Después de Dunwoody, otras dos mujeres han logrado el rango de cuatro estrellas. En el 2012, Janet Wolfenbarger se convirtió en la primera mujer general de cuatro estrellas de la fuerza aérea. En el 2014, Michelle Howard fue la primera mujer y la primera afroamericana en convertirse en almirante de cuatro estrellas de la marina.

Ann Dunwoody

Janet Wolfenbarger

Michelle Howard

LA CIRUJANA GENERAL

Patricia Horoho ha dedicado su carrera profesional a proporcionar cuidado médico en situaciones de emergencia. Después de recibir el título de Enfermería y especializarse en el tratamiento de **trauma**, Horoho ingresó en el ejército y pronto fue la jefa de enfermeras de la sala de emergencias del Centro Médico del Ejército de Womack, en Fort Bragg, Carolina del Norte. Durante sus años de servicio, también ha prestado ayuda en tiempos de desastre, por ejemplo, al brindar primeros auxilios a 75 víctimas de los ataques del 11 de septiembre en el **Pentágono** en el 2001. También ha servido en Afganistán.

En el 2008 Horoho se convirtió en directora del Cuerpo de Enfermeras del Ejército de Estados Unidos. Tres años más tarde el Presidente Barack Obama la nombró Cirujana General del Ejército. Es la primera enfermera y la primera mujer en ocupar este cargo del oficial médico más alto del ejército.

LOGROS ASOMBROSOS

En el 2002, la Cruz Roja Americana reconoció a Horoho como heroína por la ayuda prestada durante los ataques de septiembre 11.

Como Cirujana General del Ejército, Patricia Horoho es responsable del tercer sistema de cuidado de la salud más grande de Estados Unidos, el cual atiende a más de 3.5 millones de personas alrededor del mundo.

LUCHANDO POR LAS VETERANAS

Tammy Duckworth estudiaba para conseguir su doctorado (el título universitario más alto) cuando fue **destinada** a Irak como parte de la Guardia Nacional del Ejército de Illinois. Fue una de las primeras mujeres en volar en misiones de combate durante la Operación Libertad Iraquí.

En el 2004, Duckworth volaba un helicóptero como copiloto cuando este fue alcanzado por una granada propulsada por cohete. Perdió ambas piernas y el uso parcial del brazo derecho. Duckworth recibió la Medalla del Aire, la Insignia por Acciones de Combate y el Corazón Púrpura, pero su lucha aún no había terminado.

Mientras se recuperaba, Duckworth trabajó para lograr mejor atención medica para los **veteranos**. Después de ser nombrada secretaria adjunta para asuntos de los veteranos, se centró en ayudar a los veteranos sin hogar y a las mujeres veteranas. En el 2012, Duckworth fue elegida a la Cámara de Representantes de Estados Unidos, desde donde continúa luchando por los veteranos y sus familias.

Tammy Duckworth es la primera mujer discapacitada que sirve en el Congreso. También es la primera mujer asiática-americana en representar al estado de Illinois.

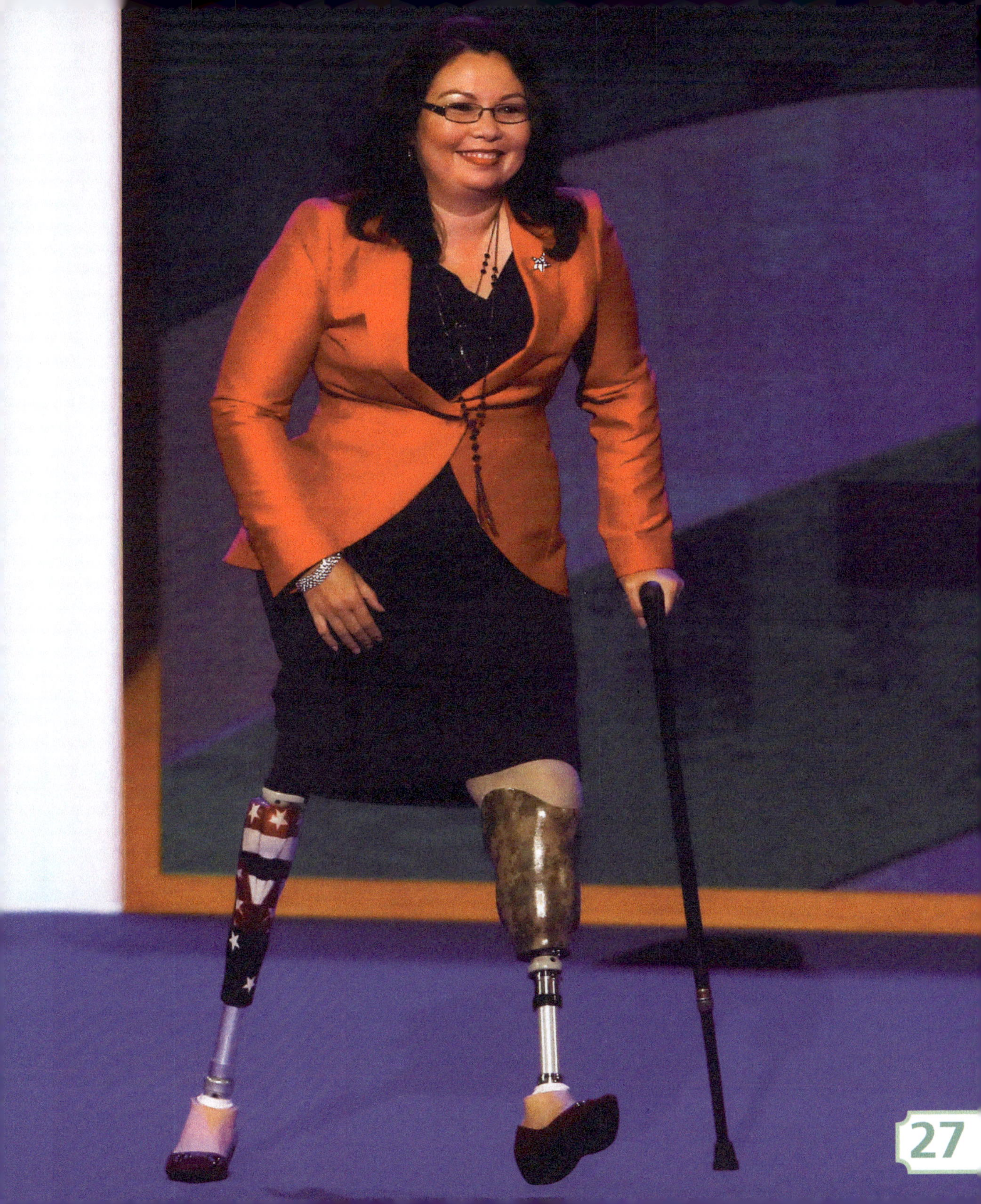

OPORTUNIDADES PARA LAS MUJERES

Hoy en día, más de 200,000 mujeres sirven en las fuerzas armadas de Estados Unidos. Actualmente representan casi el 15 por ciento de la fuerza militar. Al igual que las mujeres militares en el resto del mundo, arriesgan sus vidas cada día para proteger a su país. Están presentes en todas las ramas de las fuerzas armadas, en todos los rangos y en prácticamente todos los cargos.

Aunque las posibilidades abiertas a las mujeres en las fuerzas armadas han aumentado mucho, aún quedan algunas barreras. En Estados Unidos a las mujeres no se les permite servir en puestos de combate. Sin embargo, las mujeres han demostrado ampliamente que son capaces de hacerlo. El movimiento a favor de abrir todos los puestos militares a las mujeres está ganando terreno, por lo que es posible que pronto puedan servir en combate también.

Muchas mujeres en las fuerzas armadas también han obtenido grandes logros fuera del ejército. La almirante Grace Hopper se unió a la Reserva Naval de Estados Unidos en 1943. Trabajó en un sistema informático que desarrollaba cálculos militares. Posteriormente, Hopper creó el primer programa que convertía el lenguage humano en códigos que las máquinas podían leer.

LÍNEA DE TIEMPO DE LAS MUJERES EN LAS FUERZAS ARMADAS

1429 - Juana de Arco lleva a las tropas francesas a la victoria contra los ingleses.

1781 o 1782 - Durante la Revolución Americana, Deborah Sampson se alista en el Cuarto Regimiento del ejército continental bajo el nombre de Robert Shurtliff.

1854 - Florence Nightingale atiende a los soldados ingleses en Turquía durante la guerra de Crimea. Su experiencia y conocimientos ayudan a reformar la medicina militar.

1865 - La doctora Mary E. Walker es la primera y única mujer en recibir la Medalla de Honor del Congreso por su servicio durante la Guerra de Secesión.

1866 - Cathay Williams se alista en el Ejército de Estados Unidos como William Cathay. Es la primera mujer afroamericana que se tiene constancia de que sirvió en el ejército.

1882 - Clara Barton ayuda a establecer oficialmente la Cruz Roja Americana.

1901 - Se establece el Cuerpo de Enfermeras del Ejército. Siete años después se establece el Cuerpo de Enfermeras de la Marina.

1914–1918 - Unas 33,000 mujeres sirven como enfermeras y personal de apoyo durante la Primera Guerra Mundial.

1939–1945 - Más de 400,000 mujeres sirven en las fuerzas armadas estadounidenses durante la Segunda Guerra Mundial en puestos no bélicos, como conductoras de ambulancias, pilotos, mecánicas y enfermeras. Muchas mujeres en Europa se convierten en miembros de la resistencia e ingresan en unidades de defensa civil. En la Unión Soviética, las mujeres cumplen funciones de combate en todas las ramas de las fuerzas armadas.

1944 - Nancy Wake, miembro de la resistencia, salta en paracaídas a Francia antes del Día D para recoger suministros y esconderlos para que los encuentren los soldados aliados.

1976 - Se admiten las primeras mujeres a la Academia Militar de Estados Unidos en West Point, la Academia Naval de Estados Unidos en Annapolis y la Academia de la Fuerza Aérea de Estados Unidos.

1979 - Olga Custodio es la primera mujer latina en graduarse de la escuela de vuelo de la Fuerza Aérea de Estados Unidos.

1991 - El Congreso autoriza a las mujeres a volar en misiones de combate. En 1993, el Congreso autoriza a las mujeres a servir en buques de combate.

2008 - Ann Dunwoody es la primera mujer en conseguir el rango de general de cuatro estrellas.

2011 - Patricia Horoho es la primera mujer y la primera enfermera en ser nombrada Cirujana General del Ejército.

2012 - La veterana Tammy Duckworth es la primera mujer discapacitada en ser elegida al Congreso.

GLOSARIO

aliados: Pertenecientes a países como Estados Unidos, Reino Unido, Francia y la Unión Soviética, que lucharon contra las potencias del Eje durante la Segunda Guerra Mundial.

batallón: Una gran unidad de tropas listas para entrar en batalla.

convoy: Un grupo de barcos o vehículos que viajan juntos.

corsé: Un artículo de ropa interior muy ceñido que llevan las mujeres.

destinar: Enviar a alguien a algún lugar para un empleo u otra misión.

Día D: El 6 de junio de 1944. En ese día, las fuerzas aliadas desembarcaron en Normandía, Francia, para atacar a las fuerzas alemanas. El ataque tuvo éxito y llevó a la victoria aliada en Europa.

herejía: Creencia que va en contra de las enseñanzas de cierta religión.

insurgente: Un rebelde.

licencia militar absoluta honorable: Cese en el servicio militar con buenas referencias.

logística: La parte de la organización militar que se encarga de transportar las tropas y el equipo, además de alojar y dar los suministros necesarios a las tropas.

nazi: Miembro del Partido Nacionalsocialista Obrero Alemán, que gobernó Alemania a partir de 1933 hasta 1945, cuando terminó la Segunda Guerra Mundial.

Pentágono: La sede del Departamento de Defensa de Estados Unidos.

trauma: Lesión física o choque emocional muy fuerte.

valor: Gran valentía ante una situación de peligro.

veterano: Persona que ha servido en las fuerzas armadas.

ÍNDICE

SITIOS DE INTERNET

Debido a que los enlaces de Internet cambian a menudo, PowerKids Press ha creado una lista de los sitios Internet que tratan sobre el tema de este libro. Este sitio se actualiza con regularidad. Por favor, usa este enlace para ver la lista: www.powerkidslinks.com/wmng/mili